Original: Liz Takayama
Zeichnungen: Sei Takano
Charakterdesign: keepout

Parallel World
Pharmacy

1

Lass uns spielen gehen!

Warst du heute im Kindergarten brav?

Ja, war ich!

Du, Bruder ...?

Nicht so stürmisch, Chi! Zieh nicht so!

Hm ...?

Ich weiß nicht ...

Was möchtest du mal werden, wenn du groß bist?

Ich bin ...

Japan im Jahr 2OXX

Professor Yakutani!

!

Kanji Yakutani (31) Juniorprofessor am Pharmazeutischen Forschungsinstitut der staatlichen Hochschule T.

Institut für Molekulare Pharmakologie

Laboratory of Molecular

Juniorprofessor K. Yakutani
Assoc. Prof. K.Yakutani

Ihr Termin mit dem Pharmaunternehmen. Der Vertreter ist hier, um das gemeinsame Forschungsprojekt zu besprechen!

Was gibt es denn, Fräulein Matsumoto?

Guten Tag!

Herrje, schon so spät?!

Bitte entschuldigen Sie die Störung!

Professor Yakutani!

Trotzdem ...

Gehen Sie mit dem Herrn ruhig schon vor!

WAH

Ich komme einfach nicht weiter.

Ich habe alle Daten mitgebracht und hoffe, Sie können mir helfen!

Würden Sie einen Blick auf meine Hausarbeit werfen?

WAH

Und neben all dem veröffentlicht er eigene Fachartikel und steht seinen Studenten mit Rat und Tat zur Seite.

... überprüfung von Testergebnissen ausländischer Institutionen und, und, und!

Korrekturanfragen für Lehrbuchartikel, Kollaborationen ...

Hier ein Meeting, da ein Vortrag oder eine Konferenz!

Ja, es nimmt kein Ende!

Hat Professor Yakutani immer so viel zu tun?

Ich habe keine Ahnung, wie ein Mensch allein das alles bewerkstelligen kann!

Wichtige Tests führt er nach wie vor selbst durch.

KNUSPER KNUSPER

TAUMEL

So kann es nicht weiter-gehen.

Die ständigen Nachtschich-ten sind ein-fach zu kräf-tezehrend.

»Ich will so gern mit dir im Meer schwimmen!«

»Werde ich wieder gesund, Bruder-herz? Wenn ich brav meine Me-dizin nehme und schlafe, werde ich doch wieder ge-sund, oder?«

»Die Ärzte konnten nichts für sie tun.«

»Sie hatte einfach Pech.«

»Niemand ist schuld. Der Tumor war nicht operabel.«

BRUMM

KLACK

SUMM

SUMM

TACK

TACK

Dabei komme ich bei meiner Arbeit nie mit Menschen in Berührung ...

ZUPP

Ich tue es für die Patienten.

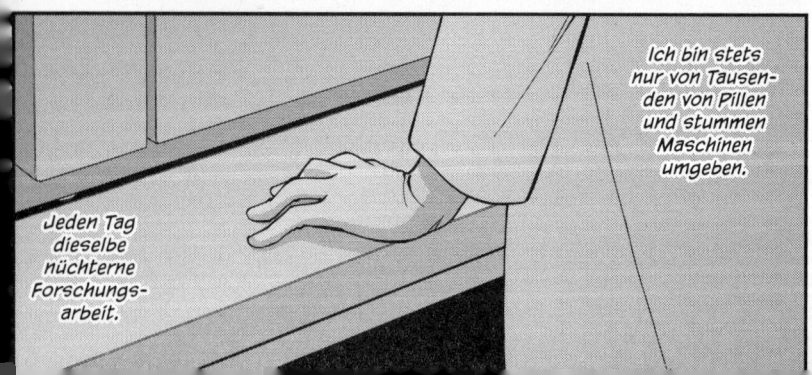

Ich bin stets nur von Tausenden von Pillen und stummen Maschinen umgeben.

Jeden Tag dieselbe nüchterne Forschungs-arbeit.

Ich weiß gar nicht mehr, wann ich mich das letzte Mal mit Betroffenen unterhalten habe.

Bringen die von mir entwickelten Medikamente den Patienten wirklich einen Mehrwert?

Das hätten wir!

Puh.

Kein Notizpapier mehr ...

Die nächste Testreihe beginnt um 4:42 Uhr.

Mist!

Versuchsende ist 3:42 Uhr ...

KLACK

Was soll's? Ich schreib's erst mal auf meinen Arm.

FLAPP

KRITZEL

RUN4 3:42

BLIPP

ZIPP

Noch den Wecker stellen, damit er in einer Stunde klingelt ...

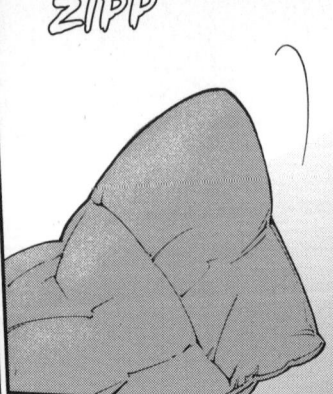

Ich geh echt auf dem Zahnfleisch.

Wegen der vielen Projekte habe ich ewig keine Auszeit mehr gehabt.

MHM ...

Das heißt ... falls meine Gesundheit bis dahin mitspielt.

In ein paar Jährchen kann ich mich vielleicht als Apotheker in einer ruhigen Kleinstadt niederlassen.

Fürs Erste ist allerdings an Rente noch nicht zu denken.

Guten Morgen, Herr Professor! Die heutigen Termine ...

KLACK

AM **8:2**

Professor ...?

...!

Kanji Yakutani wurde 31 Jahre alt.

Todesursache: Herzinfarkt.

Er hat stets alles für die Patienten gegeben, auch wenn er nicht einen von ihnen persönlich kannte.

Tod durch Überarbeitung wie aus dem Lehrbuch.

Seine eigene Gesundheit hat er darüber jedoch vernachlässigt.

Und so fand das Leben dieses Pharmazeuten ein jähes Ende.

Na, unser Kaiserreich ... San Fleuve!

Kaiserlich ...?!

Wenn das der Fall ist, muss es passiert sein, als ich eingeschlafen bin.

Bitte nicht! Ich stecke mitten in einer Versuchsreihe ...

Ich habe meine Forschungsergebnisse noch nicht dokumentiert!

Moment mal!

Bin ich etwa tot?

Jepp ...

Bin ich an überarbeitung gestorben?

Meister Pharma?

STÜRZ

Ist alles in Ordnung?

Meister Pharma!

Du ...

... Lotte?

Äh ...

!

HEIB

Die Salbe brennt furchtbar.

Ich muss dieses Hemd ausziehen!

Agh ...!

Ja, alles gut. Es ist nur etwas viel.

Das ist das Zeichen, dass Sie unter dem Schutz des Arzneimittelgottes stehen.

Dafür muss ich der Gottheit sofort danken!

* Ästhetisch anmutende baum-, farn- oder sternförmige Muster, die als Resultat elektrischer Hochspannungsentladungen auf oder in isolierenden Materialien entstehen.

Quatsch! Das sind Lichtenberg-Figuren* ... Verbrennungsmuster, die der Blitzschlag verursacht hat.

Nichts Anbetungswürdiges ... steh wieder auf!

Ich bin so dankbar.

Dieses Mal bedeutet, dass Sie auserwählt wurden!

Offenbar ...

... ist sie eine überzeugte Anhängerin dieser Religion.

Arzneimittelgott ...?

Vermutlich so was wie die Religion dieses Landes ...

Doch angesichts der Tatsache, dass dies nicht meine eigene Welt ist ...

Wollten Sie etwas sagen, Meister Pharma?

Nein, schon gut.

... wäre das wohl ziemlich unhöflich.

Bei manchen Überlebenden hinterlässt der Blitzschlag Narben, die auf den ersten Blick übernatürlich anmuten.

Eigentlich sollte ich dieses in Aberglauben begründete Missverständnis sofort aufklären.

Einen Beruf erlernen kann ich auch nicht. Was könnte ich in dieser Welt schon werden?

Hier bin ich nur ein Kind. Wenn ich meine Lebensgrundlage verliere, kommt das einem Todesurteil gleich.

Denn falls sich dies bewahrheitet ...

... könnte man Sie aus dem Adelsstand verstoßen und Sie aus Ihrer Villa jagen. Sie wären nichts weiter als ein gemeiner Bürger.

SCHÜTTEL SCHÜTTEL

Ich verrat's keinem!

Ich sag's niemandem!

Das darf nicht passieren!

Hrm.

Hah ...

Und was jetzt?

Ich will versuchen, mich wieder zu erinnern.

Lass mich bitte allein. Ich muss nachdenken ...

Daher müsste ich, der neue Pharma, doch ebenfalls dazu in der Lage sein.

Aber fest steht, dass der alte Pharma »Wasserwunder« vollbringen konnte, bevor ich in dieser Welt und in seinem Körper wiedergeboren wurde.

Ich frage mich, wie diese Wunder zu bewerkstelligen sind.

Wasser ...

Von seiner chemischen Zusammensetzung bis zu den Aggregatszuständen. Doch was nutzt mir das?

Woraus Wasser auf molekularer Ebene besteht, darüber weiß ich bestens Bescheid.

Ich sitz ganz schön in der Patsche.

Sie sagte, zuerst müsse man sich die **Gestalt des Wassers** vor seinem geistigen Auge vorstellen.

Was hat Lotte noch mal gesagt?

Wie hat der alte Pharma Wasser erzeugt?

Die Gestalt des Wassers ... Etwa den Molekülaufbau?

Wasser ist H_2O ... Zwei Wasserstoffatome und ein Sauerstoffatom verknüpft durch Einfachbindungen.

Wasser ...

Wasser ...

Vielleicht brauche ich mir einfach nur vorzustellen, wie Abermillionen Wassermoleküle aus meinen Händen sprudeln.

GRR

Wasser!

Sprudel endlich!

DOBATSCH

Aufhören ...!!!

Stopp!!

SPLASH

Uwaaaah!

Stopp! Halt!

FLATSCH

PLATSCH

Ver- dammt! Ich muss ...

... den Gedanken an Wasser aus mei- nem Kopf verbannen!

Eine merkwürdige Welt, in der ich da gelandet bin.

In dem Moment, in dem ich »Wasser! Komm hervor!« ausgesprochen habe, fing es tatsächlich an zu sprudeln.

Unglaublich ...

Ha ha ...

Ha ha ha ...

?

Sieht wie meine Schrift aus ...

Was ist das?

Wie soll ich sonst Ihre Fliege binden?

Agh.

Halten Sie still, Meister Pharma!

ZIPP

Mein altes Leben als Kanji Yakutani ist vorbei.

Neeiin!

Das ist die Aufgabe eines Dienstmädchens!

Du weißt schon, dass ich mich durchaus allein anziehen kann, oder, Lotte?

Nicht nötig! Auch das gehört zu meinen Pflichten. ♡

Lass mich dir wenigstens beim Bettenmachen helfen!

Schätze, mir bleibt nichts anderes übrig, als mich auf die neue Situation einzustellen.

Sehr wohl!

Die de Medici stellen die Kaiserlichen Hofapotheker.

Mir ist langweilig.

... besitzt die Fähigkeit, Wasserwunder zu vollbringen, weshalb ihm der Titel »Edelherr« verliehen wurde. Ihre Familie gehört dem Hochadel an!

Ihr Vater, Familienoberhaupt Bruno de Medici ...

Da fällt mir ein ... womit verdient meine Familie eigentlich ihr Geld?

Fang ganz vorn an! Du weißt, ich kann mich an nichts erinnern.

Außerdem ist Ihr Vater der Leiter der Kaiserlichen Akademie der Arzneimittelkunde.

Eine äußerst angesehene Familie also!

Oh, ah ...!

Edelherr?

Ein Titel, der Adligen, die sich besonders gut auf ihre Kunst verstehen, verliehen wird. In der Rangordnung steht er noch über dem eines Herzogs.

Ein recht ungewöhnlicher Name, findest du nicht?

Das erklärt auch, warum meine Familie mir diesen Namen gegeben hat, oder? »Pharma« kommt von »Pharmakon«, »Arzneimittel«.

40

Ich glaube, ich bin durchaus gut gerüstet. Als Nachkomme einer Pharmazeutenfamilie ...

... ausgestattet mit der Fähigkeit, Dinge auf wunderbare Weise zu materialisieren (?) ...

(Wobei es natürlich möglich wäre, dass sich die physikalischen Gesetze dieser Welt von denen auf der Erde unterscheiden.)

... plus mein medizinisches und pharmazeutisches Fachwissen aus meinem früheren Leben sollte ich den Ansprüchen gerecht werden können.

Sie haben gleich beiden Brüdern solche Namen gegeben?

Den hat es noch schlimmer getroffen als mich!

Sie haben übrigens einen Bruder, Meister Pille.

Meister Pille trägt ihn mit großem Stolz!

Ein glanzvoller Name, zweifellos!

Der alte Herr scheint exzentrisch zu sein.

Was Ihrer beider Zukunft als Pharmazeuten angeht ...

... setzt Ihr Vater große Erwartungen in Sie.

Diese hohen Ansprüche setzen mich ziemlich unter Druck!

Man erwartet Sie beim gemeinsamen Abendessen.

Hm?!

Ah!

Da fällt mir ein, Ihr Vater kehrt heut Abend nach Hause zurück.

Es wird eine Zeit dauern, mich hier einzugewöhnen. Aber wenigstens sind meine Mahlzeiten gesichert.

Puh!

S... Sagen Sie bitte nicht ...

Lotte?

Äh!

... über Pharmazie verloren!

... Sie haben auch Ihr gesamtes Wissen ...

Ähm ...

...

Nein, aber hoffentlich lässt sich mein bisheriges Wissen auch in dieser Welt anwenden!

»Ihr Vater hat die Angewohnheit ...«

»Seien Sie wachsam, Meister Pharma!«

»... beim Abendessen pharmazeutisches Wissen abzufragen!«

Kapitel 2 – Unterricht in der Göttlichen Kunst mit Eleonore

POCH POCH

Diese Welt kennt mich als Pharma de Medici, Sohn einer Adelsfamilie.

Sie dürfen nicht merken, dass ich eigentlich jemand anderes bin.

Du bist wach?

Du hast so fest geschlafen, dass ich dich nicht wecken wollte.

Tut mir leid ...

... dass ich Euch Sorgen bereitet habe.

Das ist also der Edle Herr und Hofapotheker Bruno de Medici.

Wie geht es dir, liebster Bruder? Hast du noch Schmerzen?

Jüngere Schwester Blanche (4)

Mutter Beatrice (34)

Ich bin froh, dass es dir besser geht und nicht noch Schlimmeres passiert ist.

RATTER

Das ist also Pharmas Familie ...

Nein.

Vielen Dank.

... Ihnen von klein auf eine Eliteausbildung in Pharmazie angedeihen zu lassen.

Hm.

Ja. Es war der Wunsch Ihres Vaters ...

Ein paar Stunden zuvor

Wow!

Das passt ins Bild einer steinreichen Familie.

SSU

Bei diesen Büchern handelt es sich um von Hand angefertigte Kopien.

All diese Bücher konnte ich mal auswendig?!

!

Ich glaube, ich kann ...

Das hab ich doch schon mal irgendwo gesehen ...

Schrift und Erläuterung kommen mir bekannt vor.

Vor dem Abendessen ...

... sollte ich mir noch so viel Wissen wie möglich einprägen.

BLÄTTER

Nanu?

...

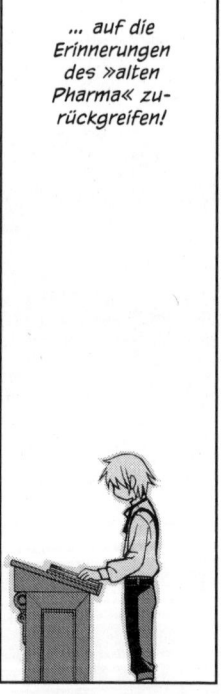

... auf die Erinnerungen des »alten Pharma« zurückgreifen!

Der alte Pharma existiert nicht mehr.

STARR

Doch seine Familie weiß nichts davon.

46

Essen war für mich nur Mittel zum Zweck, um meinem Körper die nötige Energie zuzuführen.

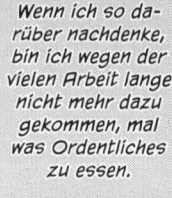

Wenn ich so darüber nachdenke, bin ich wegen der vielen Arbeit lange nicht mehr dazu gekommen, mal was Ordentliches zu essen.

Die Zeit, mal in Ruhe essen zu können ...

Vielleicht hat mir gerade das gefehlt. Körperlich wie auch seelisch ...

Du hast einen Herzstillstand erlitten, als der Blitz dich traf.

Ab jetzt werde ich mehr darauf achten, das Leben zu genießen.

Das schulde ich auch dem alten Pharma.

Du bist dem Tod gerade noch von der Schippe gesprungen.

Du kannst von Glück sagen, dass ich noch welchen vorrätig hatte. Wer weiß, wie es sonst ausgegangen wäre.

Ich lag goldrichtig damit, dir sofort meinen Trank zu verabreichen.

!

Das ist eine Katastrophe.

Die Statistik legt alles andere als eine hohe Erfolgsquote nahe!

Diese Methoden sind auch alle so gut wie wirkungslos.

Offensichtlich nicht ...

»Du, Bruderherz ...

Fürwahr ein dunkles Zeitalter!

... und setzen auf alberne Zaubersprüche und laienhafte Volksheilkunde.

Offenbar greifen die Leute hier auf sehr fragwürdige Methoden zurück ...

Das letzte noch verbliebene Antikrebsmittel hat auch nicht geholfen.«

»Die Kleine tut mir so leid.

Dann können wir wieder draußen spielen, oder?«

... diese ›Opamation‹ macht mich doch wieder gesund, oder?«

Ich meine, mit dem irdischen Wissen des 21. Jahrhunderts!

Mit dem richtigen Wissen könnten sehr viele Menschen gerettet werden.

Diese Welt ist nicht vergleichbar mit der, aus der ich komme. Ich wünschte, diese Leute würden nach wirksamen Arzneimitteln streben, anstatt sich auf Aberglauben und Quacksalberei zu verlassen!

Was das Georyd angeht, also die Salbe, mit der deine Verbrennungen behandelt wurden ... Kannst du mir sagen, wo und wie es hergestellt wird?

Äh ... ja!

Was?

Ich muss diesen Leuten irgendwie helfen!

Hauptbestandteil ist ein Kraut namens »Tinpala«. Es wird in der Lahar-Region angebaut.

Darüber hab ich eben was gelesen!

Ähm, also Georyd ...

Na, bitte! Wie Lotte es vorausgesagt hat!

Nach einer rituellen Reinigung bei Vollmond sagt man ein Gebet auf, übergießt das Ganze mit Weihwasser und lässt es eine Nacht ziehen.

Zur Herstellung benötigt man Katessoöl, den Augapfel einer Eidechse ...

... und das Pulver zerriebener Fledermausflügel.

Der Trank, den Bruno mir verabreicht hat, hat offenbar tatsächlich gewirkt.

Das hat man mir jedenfalls so gesagt ...

Stimmt es, dass dein Herz kurzzeitig aufgehört hatte zu schlagen, du dann aber wiederbelebt werden konntest?

Zum Glück hat man deinen Vater sofort von der Akademie herbeigerufen. Er hat umgehend die notwendigen Maßnahmen eingeleitet.

Obwohl von kleinen Verbrennungen nicht die Rede sein kann ...

N...

Nein. Alles okay!

INSPIZIER

Die Leute sagen, du hättest kleine Verbrennungen am Arm davongetragen. Hast du Schmerzen?

Wir müssen dankbar sein, dass du überhaupt noch lebst!

Nun ja! Hoffen wir, dass deine Erinnerungen bald wieder zurückkommen!

Wer hätte gedacht, dass ein Blitzschlag sich derart auf das Erinnerungsvermögen auswirkt?

Ich habe mal gehört, dass sich das Wesen ändern kann, wenn man vom Blitz getroffen wird.

Das ist das Wichtigste!

Wir Adligen besitzen alle die Fähigkeit, Wunder zu tun.

Dabei untersteht jeder einer individuellen Schutzgottheit.

Hm ...

Hier haben wir genug Platz!

Fangen wir ganz von vorn an!

Es gibt fünf verschiedene Kategorien an Göttlichen Künsten: Feuer, Wasser, Wind, Erde und ungebunden.

Die Kategorien lassen sich weiter in solche von positiver Wirkung (Vermehrung) und negativer Wirkung (Reduktion) einteilen.

Im Laufe des Lebens steht außerdem nur eine begrenzte Menge an Göttlicher Energie zur Verfügung.

Die Zugehörigkeit zu der Schutzgottheit und die Art der Gabe stehen von Geburt an fest.

Bei der Taufzeremonie bekennen wir uns zu unserer Schutzgottheit. Wir empfangen ihren Segen, woraufhin der Göttliche Puls in uns zu schlagen beginnt. Ab dann können wir unsere Gabe einsetzen.

Es gibt Hunderte von Schutzgottheiten.

Eine ziemlich gnadenlose Welt. Selbst für Adlige.

Manch-mal ...

... kommt es vor, dass eine Gottheit ihren Segen verweigert, sodass der Göttliche Puls nicht schlagen kann. Ein Kind, das seine Gabe nicht nutzen kann, wird von seiner Familie verstoßen und ist zu einem Leben im gemeinen Volk verdammt.

Sonnengottheit, Mondgottheit, Mutter Erde, die Gottheit des Windes, des Meeres ...

... die Gottheit der Medizin, die Gottheit der Arzneimittel, der Schmiedekunst, der Berufsstände usw. Meine Wenigkeit steht unter dem Schutz des Wassergottes.

Ich bin heil-froh, dass ich gestern meine Wundertätigkeit doch noch unter Beweis stellen konnte.

Mit anderen Worten ... die Göttliche Gabe bildet die Grund-lage unserer Aristokratie.

In dieser Gegend gibt es ausgesprochen wenige Menschen, die vom Gott der Arzneimittel pro-tegiert werden und über derart meis-terhafte Künste verfügen.

Du, dein Bruder und dein Vater stehen unter dem Schutz des Arzneimittel-gottes.

Hast du bis hierher alles verstanden?

Was genau hat es mit der ungebundenen Kraft auf sich?

Äh, also ...

Man kann nur diejenigen Dinge materialisieren, die in den Zuständigkeitsbereich des jeweils eigenen Schutzgottes fallen.

Ja, aber niemand besitzt so eine Macht!

RASCHEL

Dann ...

Diese Kategorie unterscheidet sich grundlegend von den anderen.

Und sollte jemand eine solche Fähigkeit besitzen ...

... fällt das Manifestieren fester Materie durch die Kraft der Gedanken in diese Kategorie, richtig?

Ihre Existenz gilt als gesichert, doch seit dreihundert Jahren ist sie nicht mehr in Erscheinung getreten. Wenn es sie wirklich gibt ...

... ist er entweder ein Gott oder ein Monster.

POCH

Nachdem es mir gestern gelungen war, Wasser zu erzeugen ...

Ach, du Schande!

Echt jetzt ...?!

... versuchte ich mich im Anschluss an der Erzeugung von Schwefel, Gold, Zucker und Salz. Die Herstellung gelang mir und ich ließ alles wieder verschwinden.

SCHWELL

Nanu ...?

Agh ...

Hey, Pharma!!

Solang ich die chemische Zusammensetzung kenne, kann ich mit meiner linken Hand herstellen, was immer ich möchte, und es mit der rechten wieder verschwinden lassen!

Was bedeutet das für mich?

Deiner Re-
aktion nach
hast du wohl
wirklich alles
vergessen!

Das war
kein kom-
plizierter
Spruch.

Du selbst
hast ihn be-
reits einige
Male aus-
geführt!

Mein Stab
ist eigentlich für
jemanden mit weit
fortgeschrittenen
Fähigkeiten gemacht.
Es könnte also sein,
dass er in deinen
Händen nicht
funktioniert.

Ich?

Muss ich
ihn einfach
nur schwin-
gen?

TAPP

Aber
wer weiß
...

Ja,
genau!

Vielleicht
kriegst du
es ja hin!

Hast du nicht gesagt, du könntest dich an nichts erinnern? Da hast du mir einen schönen Bären aufgebunden!

Und ich muss nun dafür geradestehen!

KLACK

Hä?

Nein ...

KLICK

Schöne Bescherung! Und das unter meiner Aufsicht!

RUMPEL

Was ist das?

Greif nach dem Stab!

Streck deine Arme aus, Pharma!

Für Erklärungen ist jetzt keine Zeit!

Du hast vielleicht gerade die gesamte dir zur Verfügung stehende Energie verschwendet!

SCHLUCK

SST

Halt ihn fest!

KRAMPF

Die uns gegebene göttliche Energie ist begrenzt.

Nach einem Wunder mit derart hoher Energiedichte ...

... müssest du eigentlich völlig entkräftet am Boden liegen!

Der Stab bewertet deine Fähigkeiten und misst deine Menge an göttlicher Energie. Je nach Ergebnis zeigt der Stab eine andere Farbe an.

Normalerweise haben wir während des Trainings immer ein Auge auf den »Messstab göttlicher Energie«.

STEIG

STEIG

...!

Was
...?!

Hm
...?

LEUCHT

Was hast
du?!

!

Ellen?

E... Es
durchbricht
die Grenze
zum farb-
losen Be-
reich!

Wa...?

Pharma,
was zum
...?!

Raus
mit der
Spra-
che! Wie
ist das
mög-
lich?!

**HUHHHHHHH
?!**

ZOOOSCH

KLIRR

KNACK

Okay
...?

Was hat
dieser hohe
Wert zu be-
deuten?

Nicht
einmal
der Kaiser
persön-
lich!

Noch nie
hat ein Wun-
dertäter die
Anzeige des
Messstabs
gesprengt!

Das
wollte ich
dich auch
gerade
fragen!

Deine
Brille ist
zerbro-
chen.

Wen inte-
ressiert die
Brille!!

A...
Aber ...

... das
ist ja das
heilige Mal
des Gottes
der Arznei-
mittel!!

LEUCHT

...!

Was ist
das?!

72

Woher hast du diese Zahl? Das habe ich noch nie gehört!

Doch! Selbst wenn man vom ungünstigsten Fall ausgeht, stirbt nur jeder Zehnte!

Niemand kann einen Blitzschlag überleben!

Hör endlich auf, diesen Unsinn zu verzapfen!

Rück mir nicht so auf die Pelle!

Ach, was! Lotte hat denselben Blödsinn geredet ...

... aber das sind nur stinknormale Brandnarben, die auf den Blitzschlag zurückzuführen sind.

Davon mal ganz abgesehen ... seit wann leuchten Narben in einem gleißend blauweißen Licht?!

Wie erklärst du dir das?

Ich kenne niemanden, der jemals einen Blitzschlag überlebt hätte und auf dessen Aussage ich mich stützen könnte ...

Vielleicht bin ich deshalb nicht erschöpft.

Als ob ich meine Kraft aus einer anderen Welt bezöge ...

Wie hat es sich angefühlt, als du das Wunder ausgeführt hast?

... aber vielleicht hatte der Blitz Auswirkungen auf deinen Göttlichen Puls.

...!

Bitte entschuldige.

SCHREIT

Für heute machen wir Schluss!

Ah!

Danke ...

Pass auf!

Da ist eine Stufe!

Warte doch, Pharma!

Ich kann nicht so schnell gehen!

RAUSCH

Alles okay? Deine Hand zittert ja.

A... Ach, tatsächlich?

Weißt du, ich habe Angst, dass ich stürze, weil ich ohne Brille nicht gut sehe.

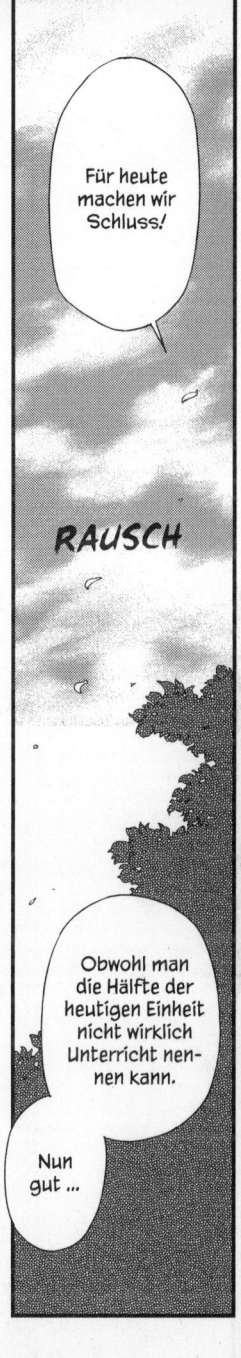

Obwohl man die Hälfte der heutigen Einheit nicht wirklich Unterricht nennen kann.

Nun gut ...

Du, Pharma ...

Ich glaube, der Blitz hat dir übermenschliche Kräfte verliehen.

Anders kann ich mir den Energieausbruch von eben nicht erklären.

Vielleicht ist durch ihn dein göttlicher Beschützer, der Arzneimittelgott, in deinen Körper gefahren und lebt nun in dir!

Ich möchte glauben, dass du noch derselbe Pharma bist ...

Als der Blitz dich traf und dein Herz aufgehört hat zu schlagen, bist du jemand anderes geworden und auch deine Göttliche Energie hat sich verändert.

Dazu passt auch, dass du dich an nichts erinnern kannst, oder?

Was?

... aber du bist völlig anders als zuvor.

Ich kann mir nicht helfen, aber so kommt's mir vor!

...

Ich werde mir jedenfalls Mühe geben.

Du wirst sie doch nicht für böse Zwecke einsetzen, oder?

Glaubst du, du kannst diese Energie kontrollieren?

Jetzt weiß ich, warum sie zittert ...

Dabei ist das Einzige, was in mir wohnt, der Geist eines Pharmazeuten.

... nur als Personifizierung des Göttlichen selbst betrachtet werden.

In einer Welt, in der die Menschen überzeugt davon sind, dass Götter aktiv in ihr Leben eingreifen, kann jemand mit solch großer Macht ...

Du, Ellen?

Sie weiß, dass ich sie augenblicklich auslöschen könnte, wenn mir nur der kleinste Fehler im Umgang mit dieser Energie unterliefe.

Wenn man keine Brille hat, muss man so machen!

Hm?

So! Siehst du?

Kein Wunder, dass sie Angst hat ...

SSU

Ellen ...?!

!!

SCHRECK

Warte ...

... mal!

?

KYaaaaaaahhh!!!

UWaaaaaaaahhhh!!!

Pharma?

Wo ist er hin?!

Wo ist dein Schatten abgeblieben?!

ZITTER

!!

Äh ...

EINSAM UND VERLASSEN

Hiiiiilfeeee!!!

Aaahhhhhh!

DASH

Ich verrat's keinem! Versprochen!

Hey! Warte, Ellen!

Ell...!

Was mach ich jetzt nur?

Das dürfte schwierig werden.

DASH

Hm.

Ich weiß genau, was los ist. Sie will nicht die Privatlehrerin eines Monsters sein.

Vielleicht lässt das Fieber sie nicht klar denken.

K... Keine Ahnung ...

Was wird das wieder für ein Gebräu sein?

Oh, oh!

I... In Ordnung.

Dabei gehört das Unterrichten doch zu den Hauptaufgaben aller Heilkundigen!

Pharma!

überbringe ihr dieses Fläschchen von mir!

RATTER

RATTER

RATTER

RATTER

Sie erinnert mich an europäische Städte auf der Erde.

Nur ...

... hier scheint sich das Mittelalter mit der Moderne zu vermischen.

Die hiesige Welt jenseits der Schlossmauern ...

Die Zivilisation ist noch nicht weit fortgeschritten. Ein gemütliches Zeitalter.

Es gibt weder Autos noch Flugzeuge.

Zumindest wäre ein Tod durch Überarbeitung wohl ausgeschlossen.

Dann könnte ich es hier problemlos bis an mein Lebensende aushalten.

Vielleicht sollte ich versuchen, mehr Kontakt zu anderen Menschen aufzubauen.

GELÄUTERT.

...!

SCHNAUF

ANSCHLEICH

Ellen?

E...

Sieh mal!

Du bist hier, weil du deine Mitwisserin ausschalten willst, hab ich recht?!

SCHEPPER

SCHEPPER

Diesmal hab ich sogar an meinen Stab gedacht!

Bitte glaube mir!

KEUCH   KEUCH

Nein! Bitte beruhige dich!

... dass ich dir diesen Trank bringe. Er soll dein Fieber senken.

Er wollte ...

Warum bist du dann hier?!

SAUS

SAUS

RASCHEL

Mein Vater hat mich geschickt.

Ich habe ihm noch etwas beigemischt, das verschiedene Erkältungssymptome mildern kann. Hoffentlich wirkt es.

Der edle Herr hat ihn extra für mich gebraut?

Als ich ihn nach den Inhaltsstoffen fragte, stellte sich heraus, dass er ähnliche Zutaten enthält wie ein gewöhnlicher Energydrink.

Natürlich nicht!!

KEUCH

Er ist doch nicht etwa vergiftet, oder?!

Vermutlich weil du kündigen willst und er dachte, er müsse etwas tun, um das zu verhindern.

Ein Fiebermittel hätte ich mir auch selbst zusammenbrauen können.

Warum also der Aufwand?

89

Ist die Salbe vergiftet?

Nein!!

Glaub mir endlich!!

Mann!

SCHEPPER

KEUCH

Wie ich befürchtet hatte! Sie traut mir nicht mehr über den Weg!

SEUFZ

Ich hab dir auch etwas mitgebracht.

Salbe für deinen Finger und deine Brille. Die hast du gestern vergessen.

TACK

Und dann habe ich noch das für dich ...

Ich habe gehört, du willst kündigen ...

... da wollte ich mich bedanken.

Ellen.

Warum ...?

Wozu brauchst du mich noch?

!

Ehrlich gesagt ...

... möchte ich nicht, dass du gehst.

Oh ...

Danke ...

Pharma hat sich also daran erinnert!

Blaue Blumen. Meine Lieblingsfarbe ...

Ich denke, du kannst deine Kräfte sehr gut allein weiter ausbilden.

Und auch in Sachen Arzneimittelkunde gibt es nichts, was ich dir noch beibringen könnte!

Schließlich ...

... besitzt du die Fähigkeiten des Arzneimittelgottes ... oder womöglich bist du sogar der Gott selbst!

91

Oh, äh ...
ich meine
natürlich
dein
Wissen!

Wie?
Äh ...
was?

Du
brauchst
mich?!

PANISCH

PEINLICH BERÜHRT

Mir bleibt
also nur zu
hoffen, dass
du deine
Meinung
änderst.

Ich
gehe
jetzt
besser
wieder.

Meiner ersten
Einschätzung nach
wird das Geheim-
wissen über die
Göttliche Gabe nur
mündlich überliefert.
In der Literatur ließ
sich dazu jedenfalls
nichts Aufschluss-
reiches finden.

Um zu
verstehen, was
die Gabe genau
ist und wie sie
funktioniert, bin
ich auf deine Hilfe
angewiesen. Du
bist meine einzi-
ge Chance.

Bis
dann!

BATAMM

BLICK

Ich ...

... wüsste wirklich zu gern, welche Eigenschaften das Gift hat, das er beigemischt hat.

Hm ...

Gut gebrüllt, Löwe!

Aber wenn er glaubt, ich wäre so einfach um den Finger zu wickeln, irrt er sich!

Hm ...

Dein falsches Spiel hat bald ein Ende!

Schließlich handelt es sich um das Gift, das der Arzneimittelgott höchstpersönlich hergestellt hat.

GLUCK

Wie es aussieht, habe ich Pharma unrecht getan.

Vielleicht war ich auch einfach nur paranoid.

Oder handelt es sich wirklich um reine Medizin?

Trotzdem sonderbar. Zumindest eine der fünf Proben hätte doch anschlagen müssen.

Sicher nur ein ausgeklügelter Trick!

Das schmeckt aber gar nicht wie die Medizin des edlen Herrn!!

Urgh!

...!!

Wo waren noch mal die Rezepte für Gegengifte?

Ich muss ein Gegengift anrühren, bevor es zu spät ist!

FLAPP

FLAPP

EIL

Verdammt!!

Es war also doch vergiftet!!

ROLL

97

Hm?

Nanu ...?

Ich muss das Reze...?

Die Halsschmerzen lassen auch nach.

Genau wie der Husten und die Abgeschlagenheit!

Mein Fieber ist plötzlich weg.

Und auch die furchtbaren Kopfschmerzen und das Schwindelgefühl.

... sondern eine »Arznei« gegeben hat?

Kann es sein, dass der Arzneimittelgott mir gar kein Gift ...

Eine solch drastische Wirkung ist unmöglich allein auf die Heilkünste des jungen Herrn zurückzuführen.

Das bedeutet, es muss an der Zutat liegen, die Pharma beigemengt hat.

»Ich brauche dich!«

»Bitte glaube mir!«

Mir ist kein Fall bekannt, bei dem er Menschen jemals geschadet hätte.

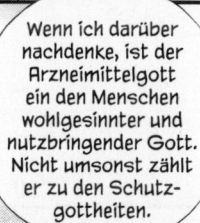

Wenn ich darüber nachdenke, ist der Arzneimittelgott ein den Menschen wohlgesinnter und nutzbringender Gott. Nicht umsonst zählt er zu den Schutzgottheiten.

Bestimmt ...

Um mit dir zu trainieren, braucht man gleich mehrere Leben!

Hah ...!

Weißt du?

Ich hab sicherheitshalber drei Stück dabei!

BLING

Und mehrere Brillen!

Bring lieber ein Brillenband an!

Was heißt hier bestens vorbereitet?

Dann kann sie erst gar nicht runterfallen!

Aha ha, genau! Ich bin bestens vorbereitet!

Nö!

Das ist nur was für alte Leute!

Nach all ihrer anfänglichen Skepsis begegnet sie mir nun wieder offen und herzlich.

Ha ha! Findest du?

Willkommen, Meister Pharma!

Ich bin zurück!

Wie geht es Ihnen, junger Herr?

Pracht-volles Wetter, nicht wahr?

Hallo Madeleine!

Wieder fleißig bei der Arbeit, Alfred?

Wie viele Bedienstete arbeiten eigentlich in diesem Haus?

Seit ich hier bin, kann ich Dinge allein durch Gedankenkraft materialisieren.

Außer mir und Ellen weiß allerdings niemand, dass ich das kann.

SSU

Und was ist mit meinem linken Auge passiert, dass ich damit Menschen auf Krankheiten absuchen kann?

SCREEN

LEUCHT

Karies.

LEUCHT

Chronische Rhinitis.

Gersten-korn.

LEUCHT

LEUCHT

Reflux-ösopha-gitis.

Sobald ich unter Berücksichtigung der vorliegenden Symptome eine Diagnose stelle und diese korrekt ist, springt das Licht auf Weiß.

Beim visuellen Absuchen leuchten erkrankte Stellen bläulich auf.

Außer man kann lediglich die Symptome, nicht aber die Ursache behandeln. In dem Fall wird das Licht zwar schwächer, verschwindet aber nicht ganz.

Ich denke, für Cedrics Knie eignet sich eine konservative Behandlungsmethode am besten.

Und in dem Moment, in dem ich den Namen der geeignetsten Behandlungsmethode ausspreche, erlischt das Licht.

Knie-gelenks-arthrose.

SSU

Dann mal los ...

Ich habe alle zu ihrem Gesundheitszustand befragt, Patienten- und Medikamentenakten liegen mir vor. Ich habe alles, was ich brauche.

Fangen wir mit der Herstellung der Grundzutaten an!

Alles da, was das Herz eines Pharmazeuten höherschlagen lässt!

Zugegeben ... die Instrumente sind etwas veraltet ...

Aber was soll's ...

Am besten, ich stelle mir die Inhaltsstoffe jeweils einzeln vor.

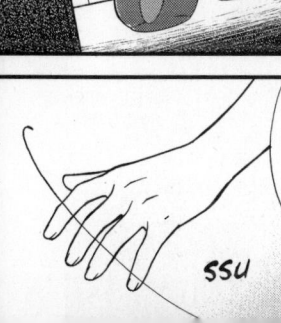

SSU

Was?

Für ...

... mich?

ZWITSCHER

Ja!

Als Dankeschön dafür, dass du dich immer so gut um mich kümmerst.

Ich hoffe ...

... du freust dich.

Erinnerst du dich, dass du mir erzählt hast, dass deine Hände vom ständigen Putzen und Waschen rau sind?

Das muss sehr schmerzhaft sein, auch wenn die Haut noch nicht aufgerissen ist.

Die Heparinoidlotion ist für die sehr trockenen Stellen ...

... und gegen die rauen Hände benutzt du diese niedrig dosierte Cortisonsalbe.

Kann meine Mutter die Produkte auch benutzen?

Sie hat auch so schlimme Hände ...

GERÜHRT

Oh.

Die Lotion ja. Die kann jeder benutzen.

Die Salbe erst, nachdem ich mir ihre Hände angesehen habe.

Oh, Meister Pharma ...!

Ich freue mich sehr!

Vielen Dank!

Euer etwas unnatürlicher Gang hat es mir verraten.

Ihr habt versucht, es zu verheimlichen, um Vater neben seiner Arbeit nicht zusätzlich zu belasten, richtig?

...!

Wie rücksichtsvoll, gnädige Frau!

SSU

ZUPP

FLAPP

Warum probiert Ihr die Packung nicht einmal aus? Sie enthält Ketoprofen!

Eine Operation scheint vorerst nicht notwendig zu sein.

Sehr wohl, gnädige Frau!

Schnüre mein Kleid auf!

Gute Idee!

... ob ich das sehen darf?!

Ähm ... ich bin nicht sicher ...

KNARZ

In Ordnung, Mutter.

Ich bin bereit, Pharma.

Ich denke, an dieser Stelle tut es am meisten weh, richtig?

Du kannst mir jetzt die Packung auflegen.

PATT

ZUCK Ah ...

Ahhh ... ♡

TRÄN

Auch vom Geruch her sehr dezent, sodass Vater nichts mitbekommen sollte.

Ihr könnt ganz beruhigt sein. Sie ist selbstklebend.

Jedenfalls nicht, solang er sie nicht mit eigenen Augen sieht.

Oh!

Du bist ein lieber Sohn!

Wunderbar! Großartig, Pharma!

DRÜCK

Urgh.

Jetzt habe ich endlich eine neue Aufgabe gefunden.

Die gnädige Frau ist völlig aus dem Häuschen!

Meine Mutter und ich auch ...

Ha ha ha.

KNAUTSCH ぎゅむ

V... Vielen Dank ...

KNAUTSCH ぎゅむ

Obwohl ich nicht gedacht hätte, dass Madeleine gleich in Tränen ausbricht.

Hm.

... haben Sie alle wirklich glücklich gemacht, Meister Pharma.

Mit Ihrer Arznei ...

Das beweist, wie dankbar sie ist. Denn noch nie hat einer der gnädigen Herren für eine Bedienstete ein Arzneimittel hergestellt.

Mein Vater scheint sich offenbar nur wenig um die Gesundheit seiner Angestellten zu scheren, was?

Selbst meine Mutter vernachlässigt er ...

Warum nicht? Die Dienerschaft gehört doch praktisch zur Familie.

Aber er übt doch einen Heilberuf aus?!

Er hat einfach keine Zeit, sich um die Belange der niederen Dienerschaft zu kümmern.

Ihr Herr Vater ist der Hofapotheker der Oberschicht.

So ist das eben.

So ist das eben.

Der Adel hat seine Apotheker und das Volk seine eigenen.

Apotheker des Adels sind nicht zuständig fürs Volk.

So funktioniert unsere Gesellschaft eben, nach dem System der Trennung.

Und Sie haben uns die Salbe auch gegeben, ohne etwas dafür zu verlangen.

Manchmal steckt die gnädige Frau meiner Mutter Medizin zu.

Und was Arzneimittel angeht, sind diese ohnehin unerschwinglich für das gemeine Volk.

... nützt das nicht viel, weil die hiesigen Behandlungsmethoden ungeeignet und somit zum größten Teil unwirksam sind.

Doch selbst wenn man Zugang zu Medikamenten hat ...

Soziale Ungerechtigkeit und teure Medikamente sind natürlich grundsätzlich ein Problem.

... sich den dubiosen Methoden der Volksheilkunde und dem Aberglauben zuwendet. Das erklärt auch die hohen Sterblichkeitsraten.

Kein Wunder, dass die einfache Bevölkerung, für die Medikamente völlig außer Reichweite sind ...

Die Entscheidung, einen Patienten zu behandeln oder nicht, von dessen sozialer Schicht abhängig zu machen, ist mehr als befremdlich.

Dieses Problem könnte man lösen, indem man der breiten Masse wirksame Behandlungsmethoden und Medikamente zugänglich macht!

Viele schaffen es nicht einmal bis zum Erwachsenenalter. Und auch danach leben nur wenige wirklich lang.

Beim Blick in die Statistik fiel mir sofort die niedrige Lebenserwartung auf.

Sie ...

... haben mich auch noch nie untersucht.

Wobei ich natürlich weiß, dass Ihr Vater es verboten hat.

Nein.

H... Hab ich nicht?!

Was?!

Ehrlich gesagt war ich sehr überrascht, ein Geschenk von Ihnen zu erhalten.

... wie dem alten Pharma wäre so etwas sicher nie in den Sinn gekommen.

Stimmt! Einem normalen Adelsjungen ...

Ja ...

Je mehr Kranke ich untersuche, desto mehr Erfahrung kann ich sammeln.

Sieh einer an.

Nun ja ...

Ich jedenfalls möchte in Zukunft keine Unterschiede mehr machen.

Einerseits verstehe ich das, weil es sich verbietet, einen unerfahrenen Auszubildenden, der nur über unzureichendes medizinisches Fachwissen verfügt, Visiten durchführen zu lassen.

Danke, dass Sie uns kleine Leute so gut behandeln.

Sie sind so lieb!

W... Was? Nein!

Sie werden einmal ein großartiger Apotheker!

FUNKEL

TAPP

BLUSH

120

In dieser Welt gelte ich mit Sicherheit allein deshalb schon als Sonderling.

Das ist jedenfalls mein Ziel!

Schon allein deshalb muss ich mich hier so nützlich wie möglich machen.

Und wie könnte ich das besser tun als mit meinem Wissen?

PRESS

Womöglich würden sie mich jagen und wegsperren. Im schlimmsten Fall könnte mir die Hinrichtung drohen.

Wenn die Leute noch herausfänden, dass ich keinen Schatten habe und beispiellose Fähigkeiten besitze, hätten sie sicher Todesangst vor mir.

Vater! Mutter! Guten Morgen!

Immerhin bin ich Pharmazeut.

GURA
KLACK

Ich möchte dieser Welt helfen, indem ich mein medizinisches Fachwissen teile.

Kapitel 4 – Die Untersuchung der Kaiserin von San Fleuve

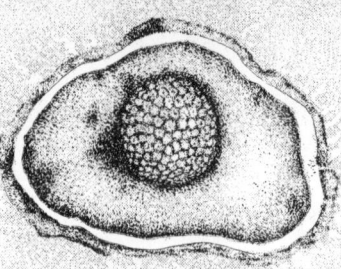

Eine Ersterkrankung erfolgt häufig im Kleinkind- oder Kindesalter und geht mit Fieber und Bläschenbildung auf der Haut einher. Die Krankheit heilt üblicherweise von selbst wieder aus.

Windpocken sind eine ansteckende Infektionskrankheit, die durch Varizella-Zoster-Viren Typ 3 verursacht wird.

Varizella-Zoster-Virus (VZV)

In seltenen Fällen kann sie aber auch tödlich verlaufen.

Da es sich um eine Viruskrankheit handelt, erkrankt so gut wie jedes Kleinkind daran. Es sei denn, es wurde geimpft.

Blanche, bist du wach?

... kann der Körper die Infektion bekämpfen. Schwere Verläufe sind dann nicht zu befürchten.

Wenn das Immunsystem, das man von der Mutter geerbt hat, richtig funktioniert ...

KLACK

Meine kleine Schwester ist vier Jahre alt.

Hallo, Bruder ...

BLICK

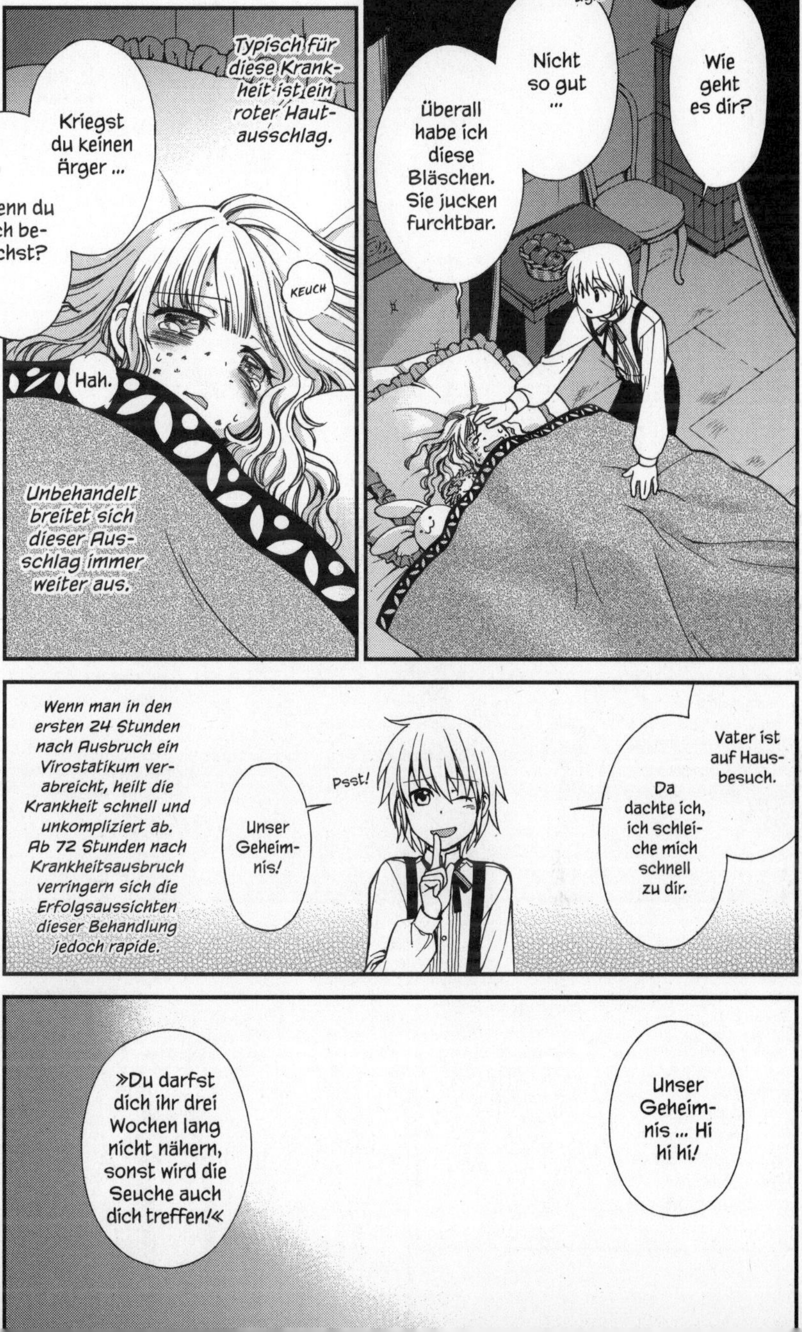

Typisch für diese Krankheit ist ein roter Hautausschlag.

Kriegst du keinen Ärger ...

... wenn du mich besuchst?

KEUCH

Hah.

Unbehandelt breitet sich dieser Ausschlag immer weiter aus.

Ugh.

Nicht so gut ...

Wie geht es dir?

überall habe ich diese Bläschen. Sie jucken furchtbar.

Wenn man in den ersten 24 Stunden nach Ausbruch ein Virostatikum verabreicht, heilt die Krankheit schnell und unkompliziert ab. Ab 72 Stunden nach Krankheitsausbruch verringern sich die Erfolgsaussichten dieser Behandlung jedoch rapide.

Psst!

Unser Geheimnis!

Da dachte ich, ich schleiche mich schnell zu dir.

Vater ist auf Hausbesuch.

»Du darfst dich ihr drei Wochen lang nicht nähern, sonst wird die Seuche auch dich treffen!«

Unser Geheimnis ... Hi hi hi!

... ich muss mir keine Sorgen machen, mich erneut anzustecken.

Ich bin schon einmal daran erkrankt. Das heißt ...

Soll das etwa heißen, sie muss drei Wochen ganz allein in Isolation verbringen?

Auch wenn dazu nicht allzu viel in der Literatur zu finden ist.

Man kann auch ein zweites Mal an Windpocken erkranken.

... als du sechs Jahre alt warst. Weißt du nicht mehr?

Eine Handvoll Bediensteter wird sich um sie kümmern. Genauso wie bei dir ...

... und wenn das Immunsystem geschwächt ist oder die Abwehrkräfte sinken, kann das Virus die Nervenbahnen befallen und erneut Entzündungen hervorrufen.

HUST

HUST

Nach einer überstandenen Windpockeninfektion verbleiben die Herpesviren im Körper ...

Man kann sich in der Regel nicht zweimal mit Windpocken anstecken. Allerdings können die Herpesviren im Körper reaktiviert werden. Vielleicht meint er das ...

Außerdem fehlt das Wissen darüber, dass die Krankheit mit entsprechenden Medikamenten heilbar ist.

In einer durch Aberglauben geprägten Welt existiert das Konzept »Viruskrankheit« schlichtweg nicht.

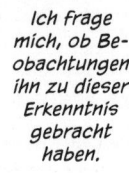

Ich frage mich, ob Beobachtungen ihn zu dieser Erkenntnis gebracht haben.

Warum hustet er? Ist er erkältet?

Am besten, ich versuche es mit Aciclovir. Das lässt sich aufgrund der einfachen Formel gut visualisieren.

Auf der Erde würde ich einfach ein Rezept ausstellen ...

... doch hier muss ich es selbst herstellen.

Es gibt drei antivirale Mittel, die gegen Windpocken eingesetzt werden können: Aciclovir, Valaciclovir und Famciclovir.

Dann mal los! Als Gerüst benötige ich azyklische Seitenketten ...

Im Gegensatz zu den anderen Präparaten, die man nur dreimal am Tag einnehmen muss, hat Aciclovir den Nachteil, dass man es viermal am Tag einnehmen muss. Doch aufgrund der niedrigen molaren Masse kann ich es mir leichter vor Augen rufen als die anderen. Die Wahrscheinlichkeit, dass ich einen Fehler begehe, ist also geringer.

WAH

2-Amino-9-[(2-hydroxyethoxy)methyl]-1,9-dihydro-6H-purin-6-one.

SSU

Vater sagte, gegen diese Krankheit gebe es kein Heilmittel.

Woher hast du es?

NERVÖS

Du, Bruderherz?

SCHLÜRF

Ja?

Deshalb behalten wir es für uns, in Ordnung?

Er ist wahrscheinlich noch nicht dazu gekommen, es zu lesen.

Du weißt doch, wie beschäftigt Vater ist, oder?

Ah!

Oh, äh ... ich hab in einem neuen Buch darüber gelesen!

In einem von Vaters Büchern? Eins, das Vater noch nicht gelesen hat?

Wenn du die Bläschen aufkratzt, verbreitet sich das Virus weiter!

Uwäh.

Wie das juckt!

Nein! Nicht kratzen!

Äh, also ...

129

Ah, das ist so etwas wie ein kleiner böser Geist, den man mit bloßem Auge nicht sehen kann.

Wierus?

Und was, wenn der böse Geist auch dich befällt?

Was? Ein böser Geist? Mir wird mulmig, Bruderherz!

SCHLUPF

VERSTECK

Nein!

Gemeinsam können wir ihn verjagen!

VERSTECK

Ah, irgendwie ...

Hab keine Angst. Ich bin bei dir!

Du hast dich verändert, Bruderherz.

... erinnert mich das an früher ...

So?
Ja, du bist ganz anders als sonst.
F...
Findest du?
Oh ja!
Du bist viel netter als früher.
Früher hättest du mir nie Gesellschaft geleistet.
Geschweige denn, dass du mir einen Apfel geschält hättest.
Findest du mich jetzt ... merkwürdig?
Hm ...
Ich weiß nicht ...
Aber ...

Ich hab dich sooo lieb! ♡

... ich mag beide, meinen alten Bruder und meinen neuen Bruder.

...

Hrm ...!

... ich hab dich so lieb!«

»Bruderherz ...

Gute Abwehrkräfte?

?

Es blieb das Geheimnis meiner Schwester und mir.

Bruno konnte sich ihre schnelle Genesung nicht erklären.

Blanche erholte sich im Handumdrehen von der Krankheit.

N... Nein ...

SCHNIEF

Hast du was im Auge?

Bruderherz?

KLICK

KLICK

Mittler-
weile ...

Das
gibt's
doch
nicht!

Blick!

Ich frage mich,
ob ich neben der
Gabe, Materie ent-
stehen oder verschwin-
den zu lassen, und der
Fähigkeit, im Körper
eines Menschen
Krankheitsherde
sehen zu kön-
nen ...

... vielleicht
noch andere
Dinge kann. Am
besten, ich expe-
rimentiere mal
ein bisschen.

... hab
ich auch
den letzten
Rest meines
Menschseins
verloren!

Keine
Ahnung,
ob das eine
gute Ent-
wicklung
ist.

Mit meinem
rechten Auge
kann ich erkrankte
Stellen näher heran-
zoomen. Offenbar
bin ich so etwas wie
ein menschliches
Analysegerät!

Wah!

... nicht ir-
gendwann
einen hohen
Preis bezah-
len muss.

Ich frage
mich, ob ich
für diese
phänomena-
len Kräfte ...

Momentan
sieht es zwar
nicht danach
aus ...

... aber ich hab
mich so was
von von der
menschlichen
Rasse verab-
schiedet!

DON
DON

Argh!

Das
kommt
mir zwar
alles ge-
legen ...

?

Doch nicht nur mein Leben steht auf dem Spiel.

KRK KRK

Der alte Pharma ...

... hätte sich vermutlich ziemlich gefreut.

Bis jetzt hat es mich nur meinen Schatten gekostet.

Doch wer weiß, welche Veränderungen das alles noch in mir hervorruft.

Was, wenn die Leute sie nicht als Gabe betrachten, sondern als Fluch?

Perfekt! Die Glaskugel ist mir gut gelungen!

Was, wenn außer Ellen noch jemand von meinen Fähigkeiten erfährt?

Das wäre ein Problem.

Andererseits ... bin ich ja schon tot.

Wohin also sollte meine Seele heimkehren?

KLAPP

Bestimmt lande ich irgendwann in den Händen eines Exorzisten, der mich, den bösen Geist, aus diesem Körper vertreiben will.

Hm.

Jetzt noch eine verstellbare Schraube in dieses Loch und ...

KLICK

Zum Glück wusste ich noch, wie man eins baut.

Jetzt, wo ich ein Mikroskop habe, fühle ich mich wohler ... auch wenn ich stark improvisieren musste.

Mhm.

Haaa.

Je nach Durchmesser der Glaskugel kann man mit diesem einfachen Mikroskop eine etwa 200-fache Vergrößerung erzielen! Damit kann ich Dinge vergrößern, ohne auf die Fähigkeit meines rechten Auges zurückgreifen zu müssen!

Fertig!

Ein Leeuwenhoek-Mikroskop* mit einfacher Linse! Hergestellt aus Glas und Metallteilen!

* Antonie van Leeuwenhoek; niederländischer Naturforscher und Mikroskopiker (1632-1723).

KLACK

Meister Pharma!

Bitte entschuldigen Sie die Störung.

Dann wollen wir es gleich mal testen.

Vielleicht wieder ein Test? Oder soll ich ihm womöglich assistieren?

Was will er jetzt wieder?

!

Simon!

In Ordnung. Ich komme!

Ihr Vater wünscht Sie zu sehen!

Sie sollen sofort zu ihm kommen!

Ich hatte große Mühe, nicht loszulachen. Mein Bauch tut immer noch weh.

PFFF

Ich musste mir einen skurrilen rituellen Tanz im Kräutergarten ansehen.

Die Vollmondvorstellung gestern Nacht war schwer zu ertragen.

Haa!

Hoo!

Ein Arbeitsauftrag.

Sie sollen ihn in seiner Funktion als Hofapotheker begleiten.

Er soll die Kaiserin untersuchen.

!

RAUN

RAUN

Mein Herr, Ihr Sohn ist da!

Warum sind alle so aufgeregt?

Wir müssen zum Palast! Bereite dich umgehend auf die Abfahrt vor!

Da bist du ja endlich, Pharma!

Ist die Kaiserin erkrankt?
Ihr Zustand hat sich plötzlich verschlechtert.
HUST HUST
HUST
Bruno hat noch immer diesen trockenen Husten.
Er scheint auch abgenommen zu haben.
Visuelle Diagnose!
SSU
Was ist? Geht's dir etwa nicht gut?
SCHRECK
Wa...?! Nein!
Dann steh gefälligst gerade, wenn ich mit dir rede!
Wenn du nicht bei der Sache bist, kann ich dich nicht gebrauchen!

Darüber kann ich hier nicht sprechen!

An welcher Krankheit leidet die Kaiserin?

Doch, ich will unbedingt mitkommen!

Brauchst du nicht. Vater weiß schon, was zu tun ist. Immerhin ist er der Hofapotheker der kaiserlichen Familie.

Ich mache mir Sorgen um die Kaiserin.

KLICK

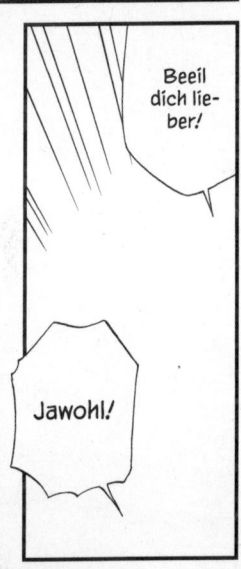

Beeil dich lieber!

Jawohl!

...

Bis später!

Dann viel Erfolg ...

... Meister Pharma!

DRÜCK

Das Schicksal der Familie de Medici steht und fällt mit dem Krankheitsverlauf der Kaiserin.

... dass der Hofapotheker der kaiserlichen Familie von diesem Posten entfernt wird, wenn er einen Fehler begeht.

Von Ellen weiß ich ...

Sollte ihr etwas zustoßen, würden sich die in der Folge aufkommenden Unruhen nicht nur auf unser Land beschränken.

DADAPP

Doch nicht nur das. Die Kaiserin ist diejenige mit der größten Macht über die Energie des Feuers im gesamten Kaiserreich. In ihren Händen liegt die Macht über alle Ländereien des Reiches.

... die den Thron nicht wegen eines Titels bestiegen hat, sondern wegen ihrer Fähigkeiten dorthin gelangt ist.

DADAPP

DADAPP

Ich bin gespannt, was das für eine Frau ist ...

Eure Majestät Kaiserin Elizabeth II. ...

Hier entlang, Durchlaucht!

Ihre Majestät und Leibarzt Claude de Chauliac erwarten Sie bereits!

Verehrter Leibarzt Chauliac!

Wie ist der Gesundheitszustand der Kaiserin?

!

Edelherr de Medici!

Auch das Fieber sinkt nicht.

Nicht gut.

Seit Kurzem hustet sie Blut.

Ihre Lunge scheint äußerst geschwächt zu sein.

LEUCHT

...

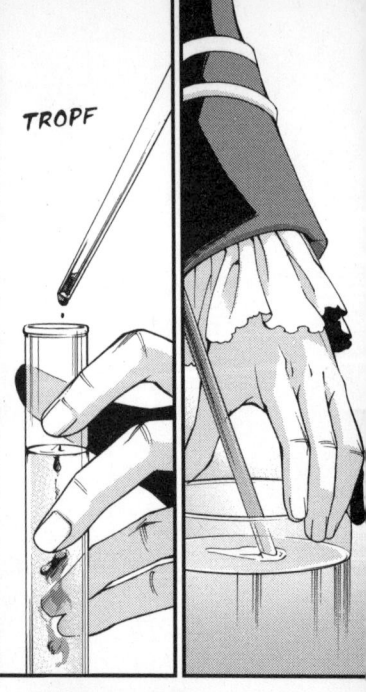

TROPF

Er hat ir-
gendetwas
ins Wasser
gegeben.

Hm?

Oder ist die
Astrologie in
dieser Welt
womöglich
integraler Be-
standteil der
Diagnose?

Überprüft er
seine Dia-
gnose etwa
anhand von
Astrologie?

Ein
Horoskop?!

Ja.

Die Sterne stehen sehr schlecht.

Ich verstehe ...

Dann ist es also wie befürchtet ...

Entschuldigen Sie mich!

Darf ich Ihr Labor benutzen?

Pharma, du bleibst hier!

Was ist mit der Pathogenese? Oder mit der Krankheitsbestimmung?!

Ihr Schicksal ist womöglich bereits besiegelt.

Moment mal! Wie kommt er bloß zu diesem Schluss?!

... und nicht einer ist in der Lage, die Krankheit zu identifizieren?!

So viele Leibärzte ...

Eure Majestät!

Wie geht es Euch?

KLACK

Und das, obwohl das Leben ihres Staatsoberhauptes auf dem Spiel steht?!

Stellt er ein Anästhetikum her? Oder ein Betäubungsmittel?

Es riecht nach Opium und Alraunwurzel ...

Bruno ...

Hah.

Wenn ich offen bin ...

... sehr schlecht. Ich fürchte, es ist hoffnungslos.

Bitte verzagt nicht!

Diese Medizin wird Euch im Nu wieder gesund machen.

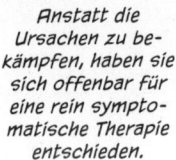

Anstatt die Ursachen zu bekämpfen, haben sie sich offenbar für eine rein symptomatische Therapie entschieden.

Dieser Dampf taugt aufgrund seiner betäubenden Wirkung lediglich dazu, die Symptome etwas zu lindern.

Atmet den Dampf tief ein!

Gleich geht es Euch besser.

SSU

Hah ...

Diese Behandlung verdient ihren Namen nicht! Das ist nichts weiter als Sterbehilfe.

FLÜSTER

Morgen Abend dürfte der Zeitpunkt gekommen sein.

Lass den Priester kommen.

Findet sich unter ihnen denn nicht wenigstens einer, der einen Therapieansatz hat?!

Oder unternehmen sie etwa absichtlich nichts?

Niemand unter all diesen feinen Ärzten und Apothekern?

Will denn niemand wenigstens den Versuch unternehmen, sie zu retten?

Selbst wenn ich protestierte, würde er seinem Sohn, der noch dazu noch in der Ausbildung steckt, keinerlei Gehör schenken.

Trotzdem hat der oberste Apotheker, mein Vater, die Behandlung abgebrochen.

Im Gegensatz zu der Welt, aus der ich komme, dürfen Apotheker hier eigenmächtig Arzneimittel verschreiben. Sie agieren unabhängig von Ärzten, führen ihre eigenen Untersuchungen durch und bestimmen selbst die jeweilige medikamentöse Behandlung.*

* Artikel 23 der japanischen Arzneimittel-verschreibungsverordnung besagt, dass Apotheker*innen verschreibungspflichtige Medikamente nur auf Vorlage eines durch einen Arzt, Tierarzt oder Zahnarzt ausgestellten Rezeptes abgeben beziehungsweise herstellen dürfen. In Europa und den USA haben Apotheker teilweise und abweichend hiervon weitreichendere Befugnisse.

Trotzdem, ich muss etwas unternehmen.

SSU

Hah...

HUST

... tatenlos zusehen!!

Ich kann nicht ...

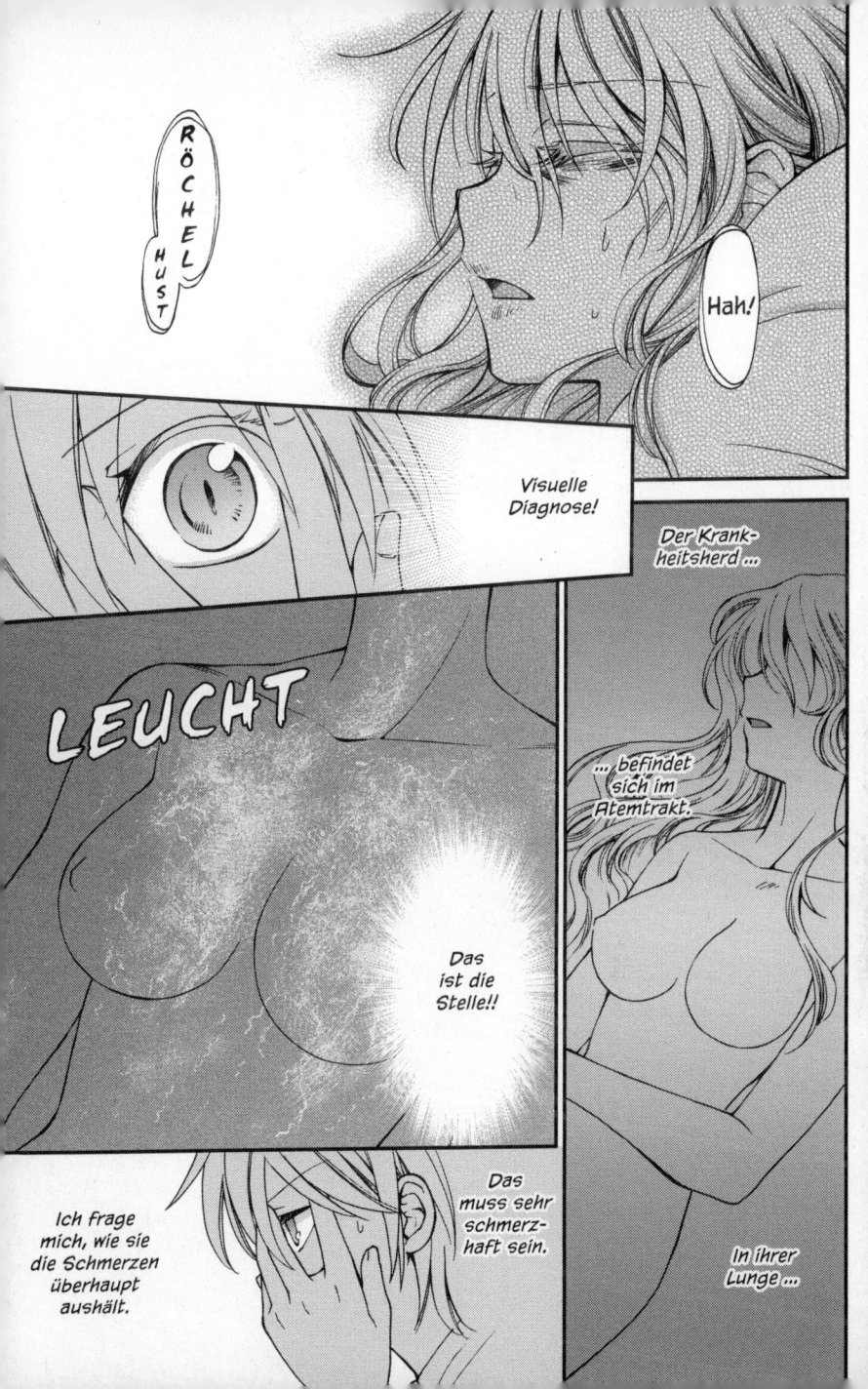

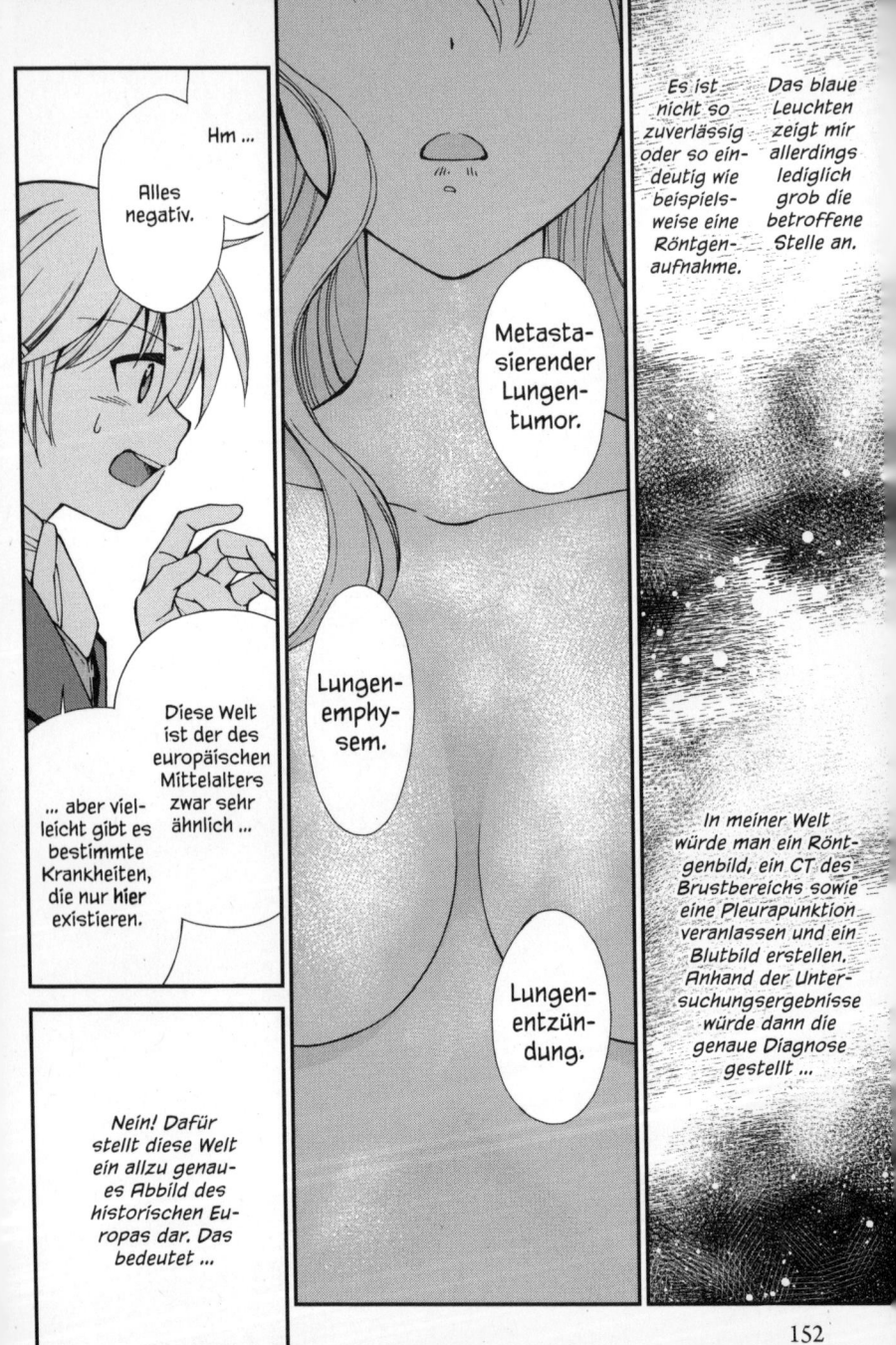

Hm ...

Alles negativ.

Diese Welt ist der des europäischen Mittelalters zwar sehr ähnlich ...

... aber vielleicht gibt es bestimmte Krankheiten, die nur **hier** existieren.

Nein! Dafür stellt diese Welt ein allzu genaues Abbild des historischen Europas dar. Das bedeutet ...

Metastasierender Lungentumor.

Lungenemphysem.

Lungenentzündung.

Es ist nicht so zuverlässig oder so eindeutig wie beispielsweise eine Röntgenaufnahme.

Das blaue Leuchten zeigt mir allerdings lediglich grob die betroffene Stelle an.

In meiner Welt würde man ein Röntgenbild, ein CT des Brustbereichs sowie eine Pleurapunktion veranlassen und ein Blutbild erstellen. Anhand der Untersuchungsergebnisse würde dann die genaue Diagnose gestellt ...

Wenn du weißt, welches Medikament mich heilen kann ...

... dann weißt du auch, mit welcher Krankheit wir es zu tun haben, nicht wahr?

Ja, es ist die Wahrheit!

Lasst ihn, Bruno!

Ich habe eine Vermutung ...

Um sicherzugehen, erlauben Sie mir, eine Speichelprobe zu nehmen zu dürfen?

Ein Grünschnabel sollte nicht mit solch großen Worten um sich werfen! Verlasse den Raum!

Aber Eure Majestät ...!

Im Gegensatz zu den hier versammelten feinen Herren Hof- und Leibärzten scheinst du die Hoffnung noch nicht ganz aufgegeben zu haben.

So sei es. Ich will mein Schicksal dieses eine Mal in deine Hände legen.

Doch die Entscheidung darüber, wem ich in dieser Situation vertraue und wem nicht, kann ich noch immer selbst treffen.

Glaubt Ihr wirklich, ich wüsste nicht, wie schlecht es um mich bestellt ist?

Ha ha ... Claude! Als ich vor Kurzem noch im Vollbesitz meiner körperlichen Kräfte war, galt ich als mächtigste Wundertäterin des gesamten Kaiserreichs.

Wenn es wirklich Tuberkulose ist, wird der Färbetest das Vorhandensein des typischen säurefesten Bakteriums beweisen.

Die Tür wird schon noch eine Weile halten.

Ich muss mich beeilen, darf aber nicht überstürzt handeln.

DOPP

SST

DOPP

ZUPP

KLACK

BRZZZ

... Ihrer Majestät dieses Märchen von einem neuen Medikament zu erzählen und ihr falsche Hoffnungen zu machen?!

Niemand auf dieser Welt kann den »Weißen Tod« heilen!

Nicht einmal die verdientesten Ärzte unserer Zeit! Und was fällt dir ein ...

Ich bin überrascht. Ihr wusstet also, dass es sich um den »Weißen Tod« handelt?

Zu diesem Schluss bin ich bereits vor zehn Tagen gekommen!

Obwohl nicht einer ihrer Leibärzte in der Lage war, dies festzustellen?

Der von mir gebraute Trank hat Wirkung gezeigt!

Ich habe seine Potenz nun um das Dreißigfache gesteigert!

Ich habe eine neue Methode entwickelt!

Habt Ihr das womöglich in einem der Bücher gelesen?

Euer Trank hat eine solch gute Wirkung erzielt?!

Er gilt zu Recht als der fähigste Apotheker dieser Welt!

Für wen hältst du mich eigentlich?

Ich sehe mir stets auch die Patienten an!

Ich verlasse mich nicht ausschließlich auf Bücherwissen!

Immerhin ist es Bruno mit seiner Methode gelungen, die Krankheit korrekt als Weißen Tod zu identifizieren.

Und das, ganz ohne eine visuelle Diagnose stellen zu können, wie ich es vermag.

... dieses Ritual und die Heilwirkung von Brunos Trank...

Die Wundertätigkeit...

Weil sie unheilbar ist.

Ich muss mich bei Euch entschuldigen.

Aber warum habt Ihr dann vorgegeben, nicht zu wissen, um welche Krankheit es sich handelt?

Vielleicht hängt das alles doch irgendwie zusammen?!

Das habe ich mir gerade erst von der medizinischen Abteilung der Hochschule in Novarout bestätigen lassen!

Es gibt kein Heilmittel gegen den Weißen Tod!

Oder soll ich als Apotheker, der dem Wohl seiner Patientinnen und Patienten verpflichtet ist, eine solch niederschmetternde Nachricht überbringen und ihnen dadurch auch die allerletzte Hoffnung nehmen?

Und ich kann Euch nur raten, es auch selbst einzunehmen!

Doch, es gibt eins!

...!

Ihr habt euch bei Euren Visiten bei Ihrer Majestät angesteckt!

Euer Husten ... Ihr seid ebenfalls mit dem Weißen Tod infiziert.

Ich werde dieses Mittel jetzt herstellen!

Ich werde ein Heilmittel gegen den Weißen Tod herstellen.

SWOOSH

Hm?

Was tut Ihr da?

Vater!

Ich verlange eine Erklärung! Sonst muss ich es als Gift betrachten!

Antworte!

Zielt nicht mit dem Stab auf mich!

Oder wollt Ihr, dass ich das ganze Labor unter Wasser setze?!

Antworte, Pharma!

Was ist das für ein Zeug, das du versuchst herzustellen?

Fachliche Beratung

Yushi Kojima
(Arzneimittelchemiker)

Kirin
(Doktor der Medizin)

Minoru Nakazaki
(Arzt)

Tamaki
(Forscher für Humanmedizin)

Souyakuchan
(Ärztin, Doktorin der Medizin)

(Namen ohne akademische Titel und in zufälliger Reihenfolge)

Sei Takano

Bonus Manga: Die Parallelwelt und ich

Hallo! Oder: Wie geht es euch? Ich bin Sei Takano ...

... und zeichne als Mangaka für die Adaption von Liz Takayamas Novel *Parallel World Pharmacy* verantwortlich.

Ich bin so müde! Ein gedämpftes Brötchen ... oder ein Biskuitkuchen, das wär's jetzt!

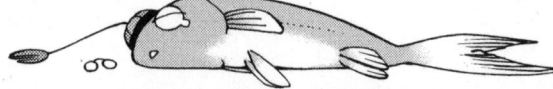

Ich, wie ich unter anderem, wegen der Deadlines völlig erschöpft eingepennt bin.

Eigentlich hatte ich mich für den Rest des Jahres auf Projekte mit alten Opas als Hauptfiguren eingestellt.

Haben Sie Interesse an einer Light Novel?

Unser Haus bringt den Manga dazu heraus ...

Das Spiel macht Spaß!

Schön, mal wieder mit Ihnen zu telefonieren, Takano-san* ...

Von diesem Projekt erfuhr ich im Juni letzten Jahres.

Ah, Sie sind die Mitarbeiterin, mit der ich ganz am Anfang schon einmal in Kontakt war (und die mich kauzig genannt hat)!

* Höfliche, geschlechtsunabhängige Anrede.

Und diese ♥ ♥ Bärte!

Die Figur der Schwester ist niedlich!

Etwa wie Bian Que*?!

Wa ha ha. Geheimes Pharmaziewissen?!

Also, wer ist denn die Hauptfigur?

So was ist doch genau Ihr Ding, oder?

Ich ließ mich leicht überzeugen.

Er kann mit bloßem Auge den Krankheitsherd ausmachen?!

Hm?

PLATSCH PLATSCH

Wie bitte?!

* Berühmter Arzt der chinesischen Antike. Seine außergewöhnliche Fähigkeit, Krankheitsherde mit bloßem Auge zu entdecken, wurde einer göttlichen Wunderkraft zugeschrieben.

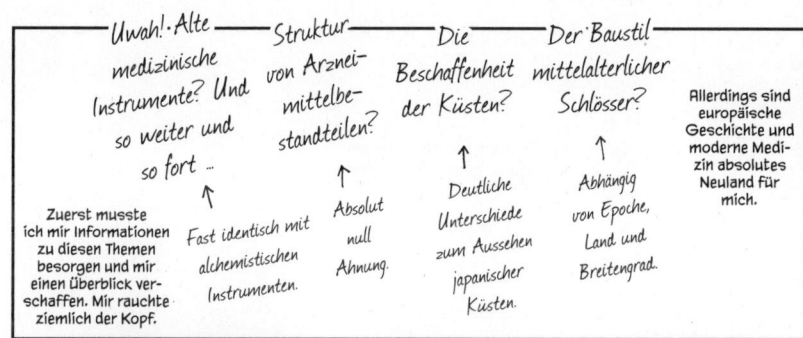

Uwah! Alte medizinische Instrumente? Und so weiter und so fort ...

↑

Zuerst musste ich mir Informationen zu diesen Themen besorgen und mir einen Überblick verschaffen. Mir rauchte ziemlich der Kopf.

Struktur von Arzneimittelbestandteilen?

↑

Fast identisch mit alchemistischen Instrumenten.

Absolut null Ahnung.

Die Beschaffenheit der Küsten?

↑

Deutliche Unterschiede zum Aussehen japanischer Küsten.

Der Baustil mittelalterlicher Schlösser?

↑

Abhängig von Epoche, Land und Breitengrad.

Allerdings sind europäische Geschichte und moderne Medizin absolutes Neuland für mich.

Wo ...

Hä? Was?!

In gewisser Weise ...

SCHRECK

Wenn ich nicht aufpasse, hat das gesamte Werk am Ende einen chinesischen Touch.

Der Wiesenkerbel stinkt!

Kräuterkunde interessiert mich auch.

Also, ich bin zwar Autor für Historisches, aber mein Fachgebiet ist die chinesische Antike.

Ich mag das Rittertum.

NG

... ist diese Parallelwelt für mich genauso unbekannt wie für die Hauptfigur!

... bin ich hier?!

Vielen Dank für die Unterstützung beim Zeichnen:
Shiuru Iwasawa-sama*, Asami-sama, Kashina-sama, Kishida-sama, Koizumi-sama, Takenaga-sama, Azusa Matsumoto-sama, Yamaiwa-sama

Ich hoffe, wir sehen uns in Band ② wieder!

* Sehr höfliche, geschlechtsunabhängige Anrede.

TOKYOPOP GmbH
Hamburg

TOKYOPOP
1. Auflage, 2024
Deutsche Ausgabe/German Edition
© TOKYOPOP GmbH, Hamburg 2024
Aus dem Japanischen von Noreen Adolf

ISEKAI YAKKYOKU Vol.1
© Sei Takano 2017, Liz Takayama 2017
First published in Japan in 2017
by KADOKAWA CORPORATION, Tokyo.
German translation rights arranged
with KADOKAWA CORPORATION, Tokyo
through TUTTLE-MORI AGENCY, INC., Tokyo.

Redaktion: Sabine Scholz
Lettering: Vibrant Publishing Studio
Herstellung: Alina Kronenberg
Druck und buchbinderische Verarbeitung:
CPI–Clausen & Bosse GmbH, Leck
Printed in Germany

Wir achten auf die Umwelt.
Dieses Produkt besteht aus FSC®-zertifizierten
und anderen kontrollierten Materialien.

ISBN 978-3-8420-9715-5

Leseproben, Poster,
interessante Artikel und alle Infos
zum aktuellen Programm – mit
unserem Magazin bist du immer
bestens informiert!

Gratis!

**Im Handel und auf
tokyopop.de**

WISE MAN'S GRANDCHILD
Shunsuke Ogata / Tsuyoshi Yoshioka / Seiji Kikuchi

Der weltfremde Magier

Ein junger Mann stirbt bei einem Unfall und wird nach seinem Tod in einer fantastischen Welt wiedergeboren. Hier ist Magie alltäglich und sein Ziehvater, der Weise Marlin, lehrt ihn alles darüber. Leider vergisst er dabei, dass sein Schüler, den er Shin tauft, auch mit Land und Leuten vertraut gemacht werden sollte ...

www.tokyopop.de

KONOSUBA! GOD'S BLESSING ON THIS WONDERFUL WORLD!

Masahito Watari / Natsume Akatsuki / Kurone Mishima

Schöne neue Welt? Von wegen!

Beim Versuch, ein junges Mädchen zu retten, stirbt der Nerd Kazuma vor lauter Schreck an einem Herzinfarkt. Zu allem Übel lacht ihn im Jenseits die arrogante Göttin Aqua für seinen peinlichen Tod auch noch aus. Weil er immerhin versucht hat, Gutes zu tun, darf sich Kazuma in einer Welt, die ihn sehr an seine Lieblingsgames erinnert, erneut behaupten und sogar ein Objekt seiner Wahl mitnehmen. Kurzerhand schnappt er sich die freche Göttin, die nun mit ihm gemeinsam den Dämonenkönig besiegen soll. Doch kann das den beiden Streithähnen überhaupt gelingen, wenn sie es noch nicht einmal schaffen, eine warme Mahlzeit aufzutreiben?

www.tokyopop.de

THE RISING OF THE SHIELD HERO

Kyu Aiya / Yusagi Aneko / Seira Minami

Held der Verteidigung

Der Nerd Naofumi soll die unbekannte Fantasy-Welt, in die er be-
schworen wurde, vor dem Untergang bewahren. Doch als unbe-
liebter, weil auf Verteidigung spezialisierter, »Held des Schildes«
muss er seine Tauglichkeit erst einmal unter Beweis stellen und
der Verachtung seiner Mitstreiter und Schutzbefohlenen mutig
entgegentreten!

www.tokyopop.de

THE RISING OF THE SHIELD HERO – LIGHT NOVEL

Yusagi Aneko

Beim Stöbern in der Bibliothek entdeckt der Nerd Naofumi ein Buch mit der Aufschrift *Traktat der Waffen der vier Heiligen.* Nur wenige Augenblicke später verliert er das Bewusstsein und erwacht in einer videospielartigen Welt. Diese steht kurz vor ihrem Untergang und allein vier legendäre Helden sollen in der Lage sein, den bevorstehenden Angriffswellen der Monster aus anderen Dimensionen Einhalt zu gebieten. Naofumi ist einer von ihnen – der Held des Schildes. Allerdings genießt seine auf Verteidigung spezialisierte Waffe wenig Ansehen. Von Verachtung und Verrat umgeben, steht Naofumi nun vor seiner größten Aufgabe: der Held zu werden, den bisher niemand in ihm sieht!

THE TALE OF OUTCASTS

Makoto Hoshino

Vertrag mit dem Dämon

Die mittellose Waise Wisteria wird Ende des 19. Jahrhunderts von einem verdorbenen Priester zum Betteln auf die Straßen Londons geschickt. Dabei hat das Mädchen eine seltene Gabe: Als einer der letzten Menschen kann es Dämonen sehen. Sie begegnet dem unsterblichen und vom Leben gelangweilten Malbas. Die beiden leisten sich gegenseitig Gesellschaft und spenden sich Trost. Als Wisteria aber verkauft werden soll, treffen sie eine folgenschwere Entscheidung, die mächtige Feinde auf den Plan ruft ...

www.tokyopop.de

DIE BRAUT DES MAGIERS

Kore Yamazaki

Eine Reise in die Welt der Magie

Auf einem Sklavenmarkt wird die Waise Chise von dem geheim-
nisvollen Magier Elias für eine enorm hohe Summe ersteigert.
Er hält sie für eine Slay Vega und will sie als Lehrling aufnehmen.
Aber nicht nur das: Kurz nach der Ankunft auf seinem Landsitz
eröffnet er ihr, dass er sie auch zu seiner Braut machen will ...

www.tokyopop.de

DIE BRAUT DES MAGIERS
LIGHT NOVEL – DAS GOLDENE GARN
Kore Yamazaki

Die erste Kurzgeschichtensammlung zu *Die Braut des Magiers*!

Die Welt von Elias und Chise ist viel größer, als es den Anschein hat! Unzählige Feen und Geister kreuzen abermals ihren Weg und entführen sie in unbekannte verborgene Winkel. Dieses Werk vereint die magische Geschichte von Kore Yamazaki, der Schöpferin von *Die Braut des Magiers*, mit weiteren Erzählungen japanischer Autoren – wie ein Wandteppich aus goldenem Garn, der Erinnerungen und Geheimnisse miteinander verwebt.

DIE BRAUT DES MAGIERS
NOVEL – DAS SILBERNE GARN

Kore Yamazaki

Eine weitere Kurzgeschichtensammlung zu *Die Braut des Magiers*!

Die Welt von Elias und Chise ist viel größer, als es den Anschein hat! Unzählige Feen und Geister kreuzen abermals ihren Weg und entführen sie in unbekannte verborgene Winkel. Dieses Werk vereint die magische Geschichte von Kore Yamazaki, der Schöpferin von *Die Braut des Magiers*, mit weiteren Erzählungen japanischer Autoren – wie ein Wandteppich aus silbernem Garn, der Erinnerungen und Geheimnisse miteinander verwebt.

DIE BRAUT DES MAGIERS – MERKMAL

Kore Yamazaki

Das magische Guidebook zur Erfolgsserie
Die Braut des Magiers!

Dieses unverzichtbare Nachschlagewerk wartet mit ausführlichen Charakterbeschreibungen, vielen Farbillustrationen, Erläuterungen zu Hintergründen und verschiedenen Interviews mit Kore Yamazaki auf, die exklusiv einen Blick auf die Arbeit der Künstlerin werfen. Außerdem enthält der Band Skizzen zu bekannten Szenen, nähere Infos zu den Schauplätzen dieser zauberhaften Geschichte und, und, und ...

FRAU FAUST

Kore Yamazaki

»Warte dort mit einem Grinsen auf mich«

Johanna Faust sucht nach den Körperteilen ihres Dämons Mephistopheles, der von der Inquisition zerstückelt und auf verschiedene gebannte Orte verteilt wurde. Auf ihren Reisen trifft sie auf den jungen Marion, der zunächst ihr Schüler und schon bald ihr treuer Wegbegleiter wird. Doch die Inquisitoren stellen sich der Gelehrten immer wieder in den Weg. Sie wollen auf jeden Fall verhindern, dass Mephistopheles jemals wiederauferstehen kann ...

www.tokyopop.de

BLACK CLOVER
Yûki Tabata

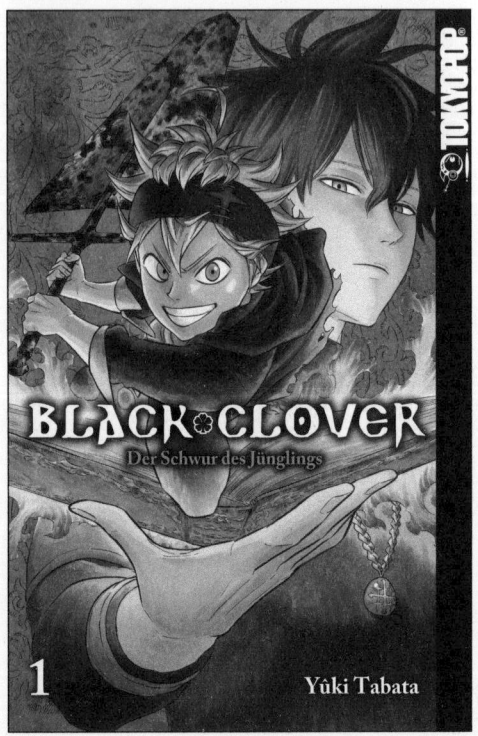

Rivalen der Magie

Asta und Yuno könnten unterschiedlicher nicht sein. Während Asta tollpatschig, laut und ohne magische Fähigkeiten ständig für Aufruhr sorgt, ist Yuno stets besonnen, ruhig und besitzt ein angeborenes Talent für Magie. Doch ein Versprechen verbindet sie, denn sie wollen beide König der Magier werden und geben alles dafür, ihr Ziel zu erreichen!

www.tokyopop.de

FIRE FORCE
Atsushi Ohkubo

Vorsicht, leicht entzündlich!

Die Welt fürchtet sich vor einem zerstörerischen Phänomen – Menschen gehen unvermittelt in Flammen auf und werden zu Feuermonstern, die »Flammenwesen« genannt werden. Eine Sondereinheit der Feuerwehr stellt sich dem Schrecken entgegen. Ihre Mission: Das Mysterium aufklären und so die Menschheit retten!

www.tokyopop.de

SWORD ART ONLINE
LIGHT NOVEL

Reki Kawahara / abec

Dein Spiel, dein Leben!

Wir schreiben das Jahr 2022: Gamer auf der ganzen Welt warten gespannt auf das neue Virtual-Reality-Game *Sword Art Online*, in dem man die Spielewelt so real wie nie zuvor erleben kann! Doch als die Spieler in Massen online gehen, stellen sie geschockt fest, dass es keine Möglichkeit zum Log-out gibt. Eine Rückkehr in die Realität ist ihnen nur möglich, wenn sie das Game komplett durchspielen. Doch ein Game Over in der Welt von Aincrad bedeutet den Tod im wirklichen Leben!

www.tokyopop.de

SWORD ART ONLINE – AINCRAD

Reki Kawahara / Tamako Nakamura / abec

Dieses Game ist kein Spiel!

Videospiele waren gestern. Die Zukunft gehört der virtuellen Realität. Mit dem NerveGear können Spieler ganz und gar mit dem Spiel *Sword Art Online* verschmelzen. Doch ganz und gar bedeutet in diesem Fall auch, dass es nur einen Weg aus dem Spiel heraus gibt: Erst wenn alle 100 Ebenen der Welt komplett durchgespielt sind, können die Spieler sich wieder ausloggen. Und ein »Game Over« im Spiel bedeutet den sicheren Tod für den Spieler im wirklichen Leben!

www.tokyopop.de

SWORD ART ONLINE – FAIRY DANCE

Reki Kawahara / Tsubasa Haduki

Der zweite Zyklus der *Sword Art Online*-Reihe

Kazuto konnte die Welt von *Sword Art Online* verlassen und hat den Weg zurück in die Wirklichkeit gefunden. Doch Asuna war dieses Glück offensichtlich nicht vergönnt. Offenbar wird sie in einem neuen Game namens *ALfheim Online* festgehalten. Kazuto bricht auf, um seine große Liebe zu finden und zu befreien ...

SWORD ART ONLINE – PROGRESSIVE

Reki Kawahara / Kiseki Himura

Flinke Fechterin

Musterschülerin Asuna kämpft sich ohne Rücksicht auf ihr eigenes Leben durch das Game *Sword Art Online*, um stärker zu werden und in ihr reales Zuhause zurückkehren zu können. Erst als sie den mysteriösen Schwertkämpfer Kirito trifft, lernt sie, ihr Dasein zu genießen. Können sie gemeinsam das Spiel auf Leben und Tod überstehen?

www.tokyopop.de

SWORD ART ONLINE – PHANTOM BULLET

Reki Kawahara / Koutarou Yamada

Ziel anvisiert!

Ein Jahr nach dem *SAO*-Drama wird der »Schwarze Schwertkämp-
fer« Kirito alias Kazuto Kirigaya zum Regierungsbeamten Seijirou
Kikuoka gerufen. Der bittet Kirito um seine Unterstützung bei der
Untersuchung eines VRMMO-Vorfalls mit dem mysteriösen Spieler
»Death Gun«, der in dem neuen VRMMO *Gun Gale Online* Dinge
geschehen lässt, die eigentlich unmöglich sein sollten. Während-
dessen ist eine *Gun Gale Online*-Scharfschützin mit dem Finger am
Abzug auf der Suche nach starken Gegnern. Ihr Name ist Sinon.

SWORD ART ONLINE – CALIBUR

CSY / Reki Kawahara / abec

Mächtige Klinge

In *ALfheim Online* kursiert das Gerücht über ein legendäres Schwert: Kirito und seine Freunde brechen darum umgehend nach Jötunheimr auf, der Heimat der gigantischen Evil Gods, um die begehrte Waffe in der Festung Thrymheimr zu bergen. Allerdings entpuppt sich diese Quest schon bald als Kampf um das Schicksal ganz Alfheims!

www.tokyopop.de

SWORD ART ONLINE – MOTHER'S ROSARIO

Tsubasa Haduki / Reki Kawahara / abec

Das Absolute Schwert

Bei einem gemütlichen Beisammensein mit ihren Freunden erfährt Asuna von dem außergewöhnlich starken Spieler »Zekken«,
der einen herausragenden »Original Sword Skill« entwickelt hat.
Dieser Spieler veranstaltet inoffizielle Duelle und auch Asuna tritt
aus Neugier an. Doch noch bevor das Duell beginnt, erlebt Asuna
eine große Überraschung … aber das ist nichts im Vergleich zu der
verblüffenden Bitte, die Zekken nach dem Duell an sie richtet.

www.tokyopop.de

SWORD ART ONLINE –
PROJECT ALICIZATION

Reki Kawahara / Koutarou Yamada

Die Definition der Seele

Der Soul Translator, ein neues Full-Dive-Gerät, ist in der Lage, unvergleichlich realistische VR-Welten zu generieren und zwar, indem es Erinnerungen direkt ins Bewusstsein schreibt. Kirito wird als Testperson für das revolutionäre Gadget engagiert, kann die Erinnerung an seine Erlebnisse aber nicht in die Realität mitnehmen, bis ihn eines Tages ein Unglück in der realen Welt zurück in die Testumgebung »Underworld« katapultiert …

SWORD ART ONLINE
PROGRESSIVE – BARCAROLLE OF FROTH

Shiomi Miyoshi / Reki Kawahara / abec

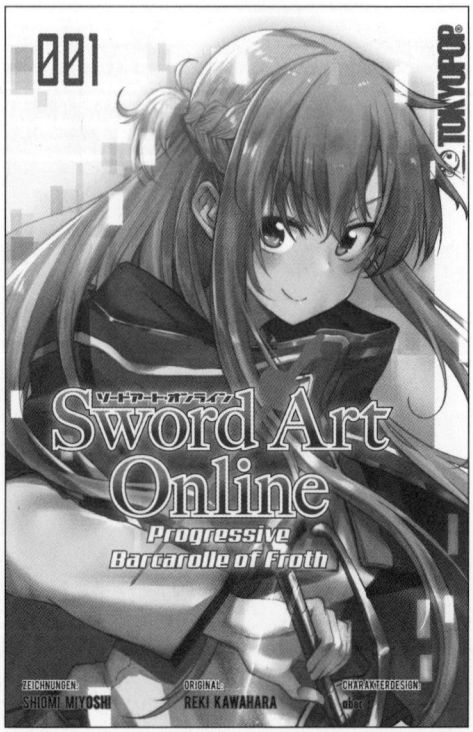

Canale mortale

Asuna und Kirito sind noch immer im Multiplayer-Game *Sword Art Online* gefangen. Das gefährliche Spiel auf Leben und Tod endet für sie nur, wenn sie die schwebende Festung Aincrad bezwingen. In der Stadt der Kanäle, Rovia, beginnt ein neues, ziemlich feuchtes Abenteuer! Die Fortsetzung der Progressive-Arc von Star-Autor Reki Kawahara!

www.tokyopop.de

SWORD ART ONLINE
PROGRESSIVE – SCHERZO OF DEEP NIGHT

Puyocha / Reki Kawahara / abec

Verschwörung in den Ruinen

Asuna und Kirito erreichen Kalruin auf der fünften Ebene der schwebenden Festung Aincrad. Während sie in der Ruinenstadt auf Artefaktsuche gehen und Quests in den unterirdischen Katakomben lösen, kommen sie einer tödlichen Verschwörung auf die Spur ... Die Fortsetzung des Progressive-Arcs von Star-Autor Reki Kawahara!

www.tokyopop.de

STOPP!

**Dies ist die letzte Seite des Buches!
Du willst dir doch nicht den Spaß verderben
und das Ende zuerst lesen, oder?**

Um die Geschichte unverfälscht und original-
getreu mitverfolgen zu können, musst du es
wie die Japaner machen und von rechts nach
links lesen. Deshalb schnell das Buch um-
drehen und loslegen!

So geht's:

Wenn dies das erste Mal sein
sollte, dass du einen Manga
in den Händen hältst, kann dir
die Grafik helfen, dich zurecht-
zufinden: Fang einfach oben
rechts an zu lesen und arbeite
dich nach unten links vor.
Viel Spaß dabei wünscht dir
TOKYOPOP®!